Jill et le haricot magique
Jill and the Beanstalk

by Manju Gregory
illustrated by David Anstey

French translation by Gwennola Orio-Glaunec

mantra lingua

Jacques grimpait une colline avec sa sœur Jill. Jacques tomba et maintenant il est malade.
Il n'y a rien à manger, ils sont tristes,

Jack climbed a hill with his sister Jill.
Jack fell down and now he's ill.
There's nothing to eat, they're feeling sad,
If only the Giant hadn't swallowed their dad.

Leur maman demanda à Jill : « Est-ce que tu penses que nous pourrions obtenir un peu d'argent en vendant notre vache ? »

Mum asked Jill, "Do you think somehow
You could raise money selling our cow?"

Jill n'avait pas encore parcouru deux kilomètres quand elle
rencontra un homme près d'un échalier.
« Je vous donne ces haricots en échange de votre vache. » dit-il.
Jill s'exclama : « Des haricots ! Vous êtes fou ? »
L'homme expliqua : « Ce sont des haricots magiques. Ils vous donneront des cadeaux merveilleux. »

Jill had barely walked a mile when she met a man beside a stile.
"Swap you these beans for that cow," he said.
"Beans!" cried Jill. "Are you off your head?"
The man explained, "These are magic beans. They bring you gifts you've never seen."

Jill les emporta chez elle pour les montrer à sa maman,
qui s'écria : « J'aurais dû envoyer mon fils ! »
Elle jeta les haricots aux pieds de Jill
et l'envoya se coucher sans manger.

Jill took them home to show her mum
Who cried out loud, "I should have sent my son!"
She threw the beans down at Jill's feet
And sent her to bed with nothing to eat.

Qui se couche tôt se lève tôt.
Jill se réveilla à l'aube. Une incroyable surprise l'attendait.
Une tige de haricot avait poussé jusqu'au ciel.
Attrapant la tige, et s'accrochant aux feuilles,
elle grimpa la grande plante qui ondulait sous la brise.

Early to bed, early to rise,
Jill woke up at dawn with a mighty surprise.
A beanstalk had grown right up to the skies.
Catching hold of the stalk, clinging fast to the leaves,
She climbed the great plant as it swayed in the breeze.

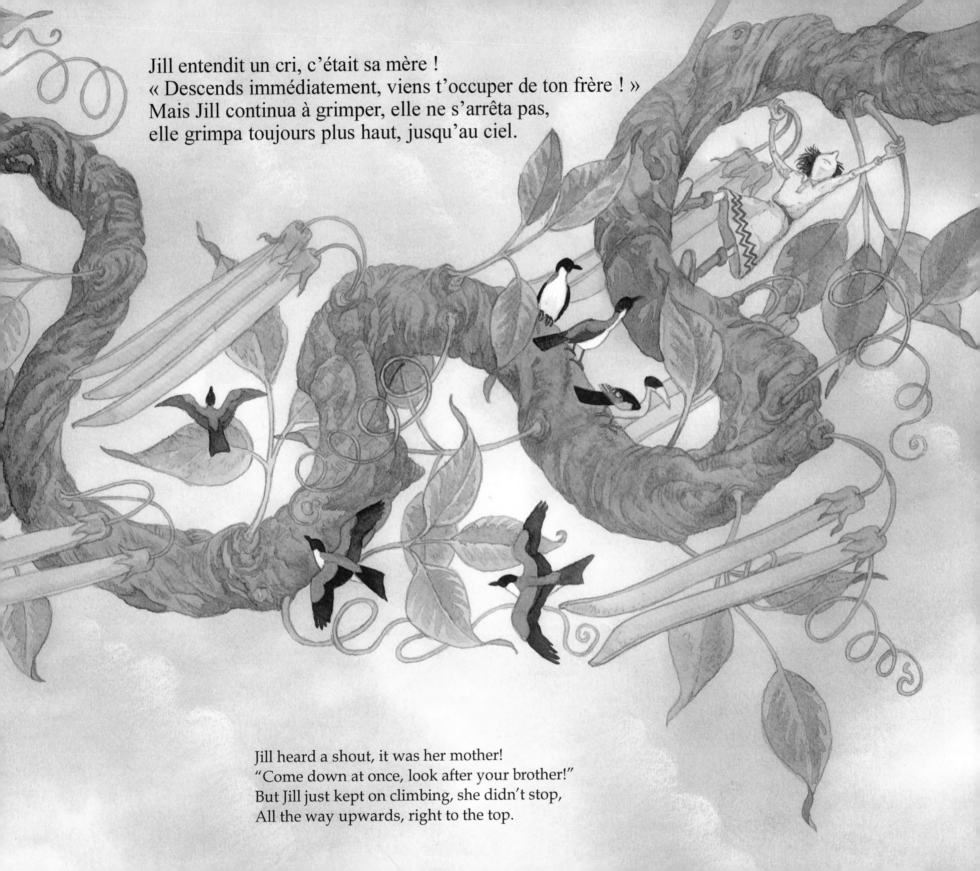

Jill entendit un cri, c'était sa mère !
« Descends immédiatement, viens t'occuper de ton frère ! »
Mais Jill continua à grimper, elle ne s'arrêta pas,
elle grimpa toujours plus haut, jusqu'au ciel.

Jill heard a shout, it was her mother!
"Come down at once, look after your brother!"
But Jill just kept on climbing, she didn't stop,
All the way upwards, right to the top.

Elle sauta du haricot et entendit des pleurs.
Une petite fille pleurait : « Oh ! Où sont mes moutons ?
Ils ont disparu pendant que je dormais. »
« Où suis-je ? » demanda Jill.

She leapt off the beanstalk, and heard a loud weep.
A little girl cried, "Oh, where are my sheep?
They've wandered away while I was asleep."
"Where am I?" asked Jill.

« Tu es au pays de l'ogre.
Est-ce que tu es venue pour te venger ou pour pardonner ?
D'un coup de ma houlette, choisis ton destin,
redescendre la tige de haricot ou ouvrir la porte de l'ogre ? »

"You're in the land where the Giant lives.
Did you come to avenge or come to forgive?
With a wave of my crook now choose your fate,
Back down the beanstalk or onto the Giant's Gate?"

Jill était devant la maison de l'ogre.
Elle se sentait toute petite et aussi effrayée qu'une souris tremblante.
Une vieille femme étrange se trouvait dans les parages,
en train de balayer les toiles d'araignées dans le ciel.
« Petite fille, pourquoi es-tu ici ? Pourquoi ?
Oh là là ! Pourquoi ? »

Jill stood in front of the Giant's house
Feeling tiny and scared like a quivering mouse.
A strange old woman was standing by,
Brushing cobwebs out of the sky.
"Little girl, why are you here? Why, oh why?"

Sur ces mots, le sol commença à trembler, avec un bruit assourdissant comme le bruit d'un formidable tremblement de terre. La femme dit : « Vite, cours à l'intérieur. Il n'y a qu'un seul endroit… Va te cacher dans le four ! Retiens ton souffle, ne pousse aucun soupir, reste silencieuse comme la neige, si tu ne veux pas mourir. »

As she spoke the ground began to shake, with a deafening sound like a mighty earthquake.
The woman said, "Quick run inside. There's only one place…in the oven you'll hide!
Take barely one breath, don't utter a sigh, stay silent as snow, if you don't want to die."

Jill s'accroupit dans le four. Qu'est-ce qu'elle avait fait ? Elle aurait bien voulu être chez elle avec sa maman.
L'ogre gronda : « Je sens l'odeur du sang d'un être humain. »
« Mon cher époux, tu sens seulement les oiseaux en croûte que j'ai cuit. Vingt-quatre oiseaux sont tombés du ciel. »

Jill crouched in the oven. What had she done? How she wished she were home with her mum.
The Giant spoke, "Fee, fi, faw, fum. I smell the blood of an earthly man."
"Husband, you smell only the birds I baked in a pie. All four and twenty dropped out of the sky."

L'ogre hurla : « Je ne veux même pas essayer ton plat délicat.
Femme, je veux manger. Va chercher ma viande à la cuisine ! »
Par un interstice de la porte du four, Jill vit l'ogre dévorer un sanglier sauvage.

The Giant bawled, "I have no wish to even try your dainty dish.
Wife, I need to eat. Go to the kitchen and fetch me my meat!"
From a gap in the oven door, Jill watched the Giant devour a wild boar.

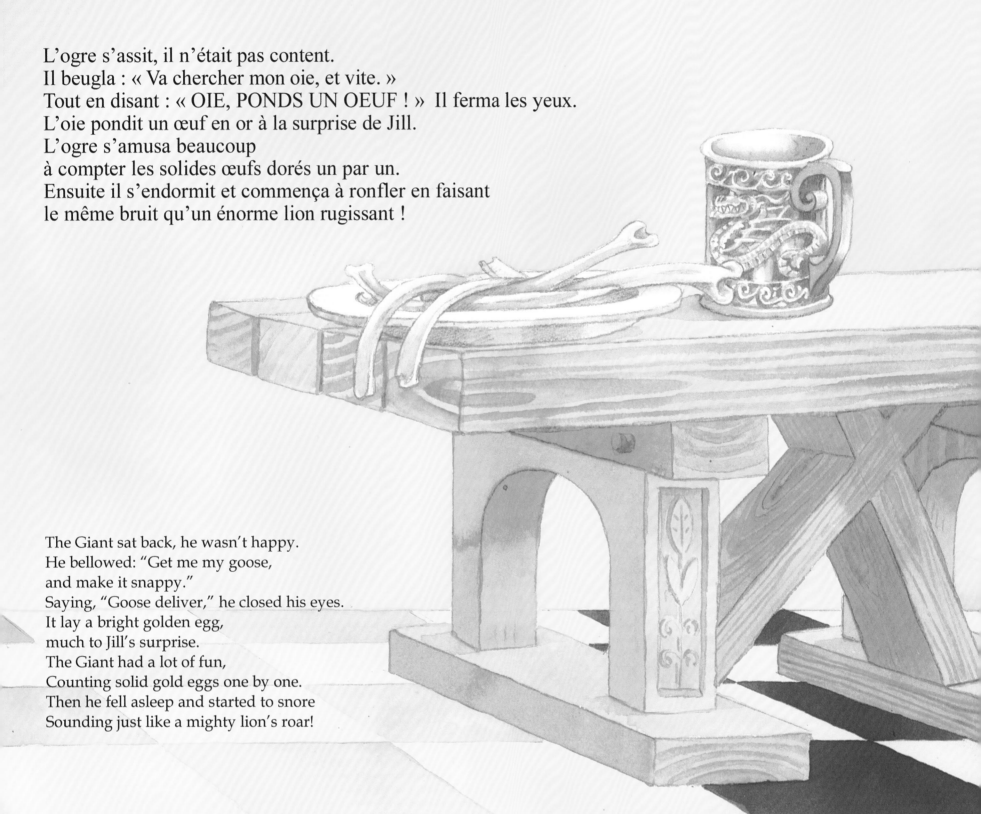

L'ogre s'assit, il n'était pas content.
Il beugla : « Va chercher mon oie, et vite. »
Tout en disant : « OIE, PONDS UN OEUF ! » Il ferma les yeux.
L'oie pondit un œuf en or à la surprise de Jill.
L'ogre s'amusa beaucoup
à compter les solides œufs dorés un par un.
Ensuite il s'endormit et commença à ronfler en faisant
le même bruit qu'un énorme lion rugissant !

The Giant sat back, he wasn't happy.
He bellowed: "Get me my goose,
and make it snappy."
Saying, "Goose deliver," he closed his eyes.
It lay a bright golden egg,
much to Jill's surprise.
The Giant had a lot of fun,
Counting solid gold eggs one by one.
Then he fell asleep and started to snore
Sounding just like a mighty lion's roar!

Jill savait qu'elle pouvait s'échapper pendant que l'ogre dormait,
elle se glissa donc doucement hors du four.
Elle se souvint alors de ce que son ami Thomas avait fait,
il avait volé un cochon et il s'était enfui.
Attrapant l'oie, elle courut et elle courut.
« Il faut que j'atteigne la tige de haricot le plus vite possible. »

Jill knew she could escape while the Giant slept.
So carefully out of the oven she crept.
Then she remembered what her friend, Tom, had done.
Stole a pig and away he'd run.
Grabbing the goose, she ran and ran.
"I must get to that beanstalk as fast as I can."

Elle glissa le long de la tige en criant : « Je suis de retour ! »
Et sa mère et Jacques sortirent de la maison.

She slid down the stalk shouting, "I'm back!"
And out of the house came mother and Jack.

« Nous étions très inquiets, ton frère et moi. Comment as-tu pu grimper sur cette tige jusqu'au ciel ? »
« Mais maman, » dit Jill, « il ne m'est rien arrivé. Et regarde ce que j'ai sous mon bras. »
« Oie, ponds un œuf, » Jill répéta les mots que l'ogre avait prononcés,
et l'oie pondit aussitôt un œuf en or brillant.

"We've been worried sick, your brother and I. How could you climb that great stalk to the sky?"
"But Mum," Jill said, "I came to no harm. And look what I have under my arm."
"Goose deliver," Jill repeated the words that the Giant had said,
And the goose instantly laid a bright golden egg.

La visite de Jill au repaire de l'ogre protégea sa famille de la faim et du désespoir.

Jill's visit to the Giant's lair kept her family from hunger and despair.

Jacques ne pouvait pas s'empêcher d'envier sa sœur Jill.
Il aurait voulu avoir grimpé une tige de haricot au lieu d'une colline.
Jacques se vantait beaucoup et il disait souvent
que s'il avait rencontré l'ogre il lui aurait coupé la tête.

Jack couldn't help feeling envious of his sister Jill.
He wished he'd climbed a beanstalk instead of a hill.
Jack boasted a lot and often said
If he'd met the Giant he would've chopped off his head.

Leur mère les avait prévenus de ne pas grimper sur cette tige.
Mais Jill en avait assez des vantardises de Jacques.
Un jour, bien déguisée, Jill se mit à grimper la tige de haricot
et elle atteignit le ciel.

Their mother had warned them not to climb that stalk
But Jill was fed up with Jack's idle talk.
One day, in clever disguise, Jill climbed up the beanstalk
And reached the skies.

La vieille femme était assise près de la porte, l'air triste, le méchant ogre la traitait mal, très mal. De jour en jour, il devenait de plus en plus épouvantable, depuis que son oie avait été volée.

The old woman sat by the gate looking sad,
The evil Giant treated her bad, very bad.
He'd become more gruesome by the day,
Since his goose had been stolen away.

La femme de l'ogre ne reconnut pas Jill,
mais elle entendit des bruits de pas assourdissants qui venaient de la colline.
« L'ogre » s'écria-t-elle. « S'il sent l'odeur de ton sang, il va sûrement te tuer. »

The Giant's wife didn't recognise Jill,
But she heard the sound of thundering footsteps coming down the hill.
"The Giant!" she cried. "If he smells your blood now, he's sure to kill."

« Vite, va te cacher
dans l'horloge ! »

"Hickory dickory dock,
Quick, go hide in the clock!"

« Je sens l'odeur du sang d'un être humain.
Mort ou vivant, je vais lui couper la tête, » dit l'ogre.
« Tu sens seulement l'odeur des tartes que je viens de cuire,
j'ai emprunté une recette à la reine de cœur. »
« Femme, je suis un ogre, j'ai besoin de manger.
Va à la cuisine et apporte-moi ma viande. »

"Fe fi faw fum, I smell the blood of an earthly man.
Let him be alive or let him be dead, I'll chop off his head," the Giant said.
"You smell only my freshly baked tarts, I borrowed a recipe from the Queen of Hearts."
"I'm a Giant, wife, I need to eat. Go to the kitchen and get me my meat."

L'ogre se gava de sanglier comme l'autre fois.
Au bout d'une heure, il en redemanda.
Sa femme apporta une harpe, la chose la plus magnifique qui soit,
fabriquée en or pur et munie de cent cordes.
L'ogre hurla : « Joue, » car il s'ennuyait.
La harpe se mit immédiatement à jouer toute seule.

The Giant gorged on beast as before.
One full hour passed by, then he called for more.
His wife brought in a harp, the most magnificent of things,
Made out of pure gold with a hundred strings.
The Giant yelled: "Play," he was feeling bored.
The harp instantly played of its own accord.

Une berceuse si calme et si douce que l'ogre pesant s'endormit profondément.
Jill voulait la harpe qui jouait sans qu'on la touche. Elle la voulait tellement !
Elle se glissa nerveusement hors de l'horloge et s'empara de la harpe en or pendant que l'ogre dormait.

A lullaby so calm and sweet, the lumbering Giant fell fast asleep.
Jill wanted the harp that played without touch. She wanted it so very much!
Out of the clock she nervously crept, and grabbed the harp of gold whilst the Giant slept.

Jill s'élança vers la tige de haricot, trébuchant sur un chien, courant et tournant en rond.
Lorsque la harpe s'écria : « MAÎTRE ! MAÎTRE ! »
L'ogre se réveilla, se leva et se mit à la poursuivre.
Jill savait qu'elle devait courir de plus en plus vite.

To the beanstalk Jill was bound, tripping over a dog, running round and round.
When the harp cried out: "MASTER! MASTER!" The Giant awoke, got up and ran after.
Jill knew she would have to run faster and faster.

L'ogre hurla : « Alors, tu crois pouvoir courir !
Regarde ce qui est arrivé à Thomas le fils du joueur de flûte ! »
Tenant toujours la harpe, Jill courut et courut,
« Il faut que j'arrive à la tige de haricot le plus vite possible. »

The Giant howled, "So you think you can run!
Look what happened to Tom, the piper's son!"
Holding onto the harp, Jill ran and ran,
"I must get to that beanstalk as fast as I can."

Elle se glissa le long de la tige, la harpe gémit : « MAÎTRE ! »
L'ogre grand et laid se précipita après elle.
Jill attrapa la hache qui servait à couper le bois
et elle coupa la tige de haricot aussi vite que possible.

She slid down the stalk, the harp cried: "MASTER!"
The great ugly Giant came thundering after.
Jill grabbed the axe for cutting wood
And hacked down the beanstalk as fast as she could.

Chaque pas de l'ogre faisait trembler la tige. Le coup de hache de Jill fit tomber l'ogre.
L'ogre plongea de plus en plus bas !
Jacques, Jill et leur maman regardèrent avec étonnement l'ogre qui S'ÉCRASA,
et s'enfonça quelques mètres dans le sol.

Each Giant's step caused the stalk to rumble. Jill's hack of the axe caused the Giant to tumble.
Down down the Giant plunged!
Jack, Jill and mum watched in wonder, as the giant CRASHED, ten feet under.

Jacques, Jill et leur mère passent maintenant leurs journées
à chanter les chansons et les comptines jouées par la harpe en or.

Jack, Jill and their mother now spend their days,
Singing songs and rhymes that the golden harp plays.

Text copyright © 2004 Manju Gregory
Illustrations copyright © 2004 David Anstey
Dual language copyright © 2004 Mantra
All rights reserved
British Library Cataloguing-in-Publication Data:
a catalogue record for this book is available from the British Library.
First published 2004 by Mantra
This edition 2011
303 Global House, Ballads Lane, London N12 8NP, UK
www.mantralingua.com